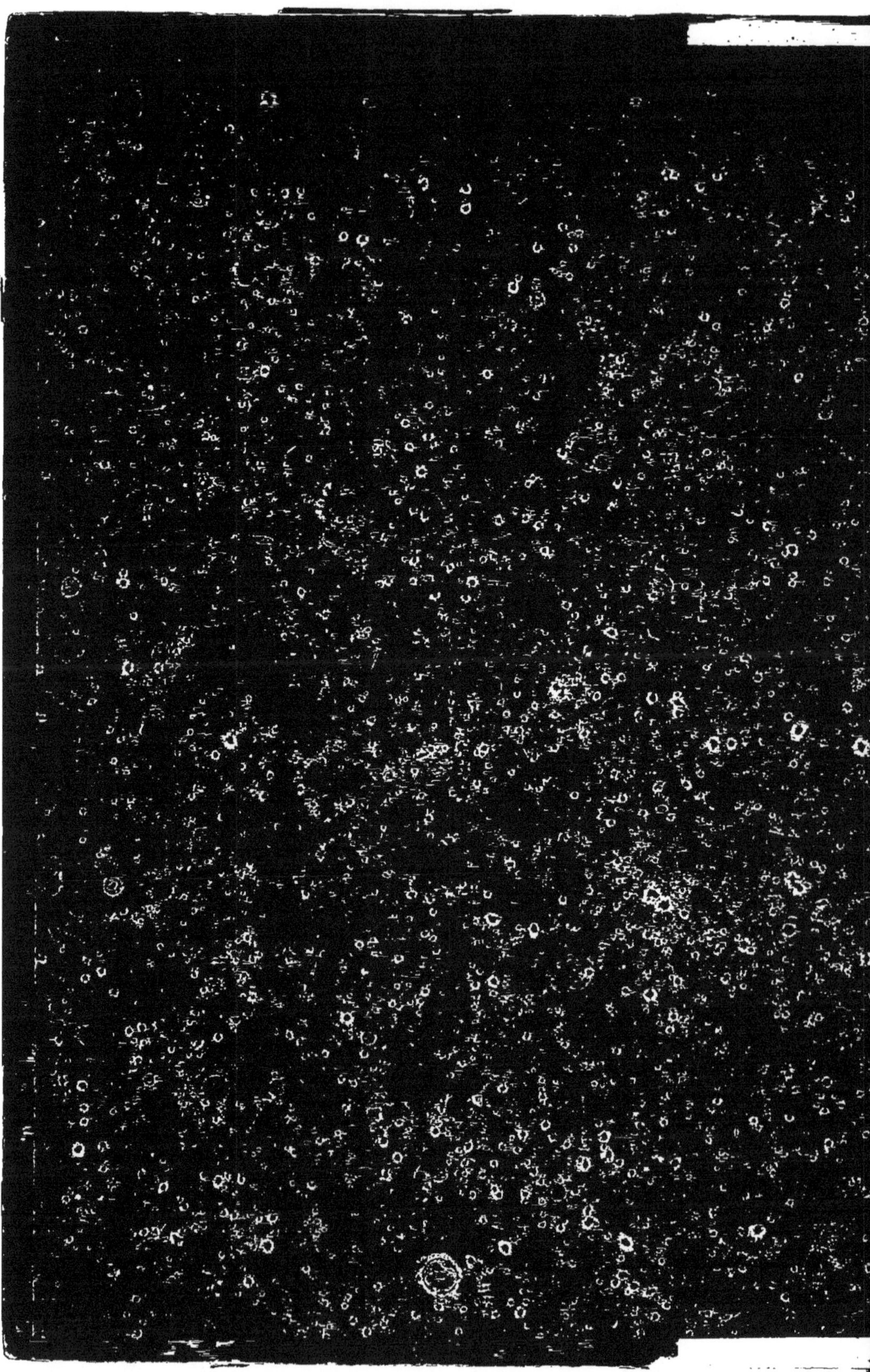

PIERRE LOTI

LES TROIS DAMES

DE

LA KASBAH

CONTE ORIENTAL

PARIS
CALMANN LÉVY, ÉDITEUR
1884

LES
TROIS DAMES DE LA KASBAH

Il a été tiré de cet ouvrage
10 exemplaires sur papier du Japon
tous numérotés

PARIS. — IMP. DE LA SOC. ANON. DE PUBL. PÉRIOD. — P. MOUILLOT

LES TROIS DAMES

DE

LA KASBAH

— CONTE ORIENTAL —

PAR

PIERRE LOTI

PARIS
CALMANN LÉVY, ÉDITEUR

1884

LES

TROIS DAMES DE LA KASBAH

I

Au nom d'Allah très clément et très miséricordieux !

Il était une fois trois dames qui demeuraient à Alger, dans la Kasbah.

Et ces trois dames s'appelaient Kadidja, Fatmah et Fizah. — Kadidja était la mère ; Fatmah et Fizah étaient les deux filles.

II

Et ces trois dames s'ennuyaient beaucoup, parce que, tant que durait le jour, elles n'avaient rien à faire. — Quand elles avaient fini de peindre leur visage de blanc et de rose, et leurs grands yeux de noir et de henneh, elles restaient assises par terre, dans une petite cour très profonde, où régnaient un silence mystérieux et une fraîcheur souterraine.

Autour de cette cour, une colonnade de marbre blanc soutenait des ogives mauresques ornées de faïences bleues, et, tout en haut, cette construction antique s'ouvrait en carré sur le ciel.

Pour entrer dans la maison de ces trois dames, il n'y avait qu'une seule petite porte, si renfoncée et si basse, qu'on eût dit une porte de sépulcre. Elle ne s'ouvrait jamais qu'à demi, en grinçant sur ses vieilles ferrures.

Les fenêtres, — sortes de trous irréguliers, grands à peu près comme des chatières, — étaient garnies de lourdes grilles scellées dans la muraille ; c'étaient des judas qui semblaient percés pour des regards furtifs de personnes invisibles et qui ne recevaient aucune lumière du dehors ; — car les maisons centenaires, en se rejoignant par le haut, faisaient voûte au-dessus de la rue déserte, et jetaient sur les pavés des demi-obscurités de catacombes.

Tout était vieux, vieux, dans la maison de ces trois dames, si vieux, que le temps semblait avoir rongé la forme des choses.

Les murs n'avaient plus d'angles ; il n'y avait plus de saillies nulle part ; on ne savait plus quelles fleurs de pierre ni quels enroulements d'arabesques les artistes d'autrefois avaient voulu représenter aux chapiteaux des colonnes, aux frises des terrasses; des couches de chaux, amassées depuis des siècles, embrouillaient tout dans des rondeurs vagues. De petites ouvertures se dissimulaient çà et là dans l'épaisseur des murailles, conduisant à des recoins pareils à des oubliettes ; ces ouvertures n'avaient plus forme de porte, tant elles étaient usées par l'âge, et on eût dit de ces creux que font les bêtes pour entrer dans leurs demeures sous terre. Seulement c'étaient des tanières blanches, toujours blanches ; la chaux immaculée les recouvrait comme d'une onctueuse couche de lait, et tout se confondait dans ses blancheurs molles.

Les marches et les dalles paraissaient toutes gondolées, tant les babouches et les pieds nus des femmes y avaient tracé de sillons ; le marbre des colonnes torses avait pris cette teinte jaunie et ce poli particulier que donnent les frôlements des mains humaines quand ils ont duré des siècles, — et qui est une des manifestations de la vétusté.

Seules, les fleurs imaginaires peintes sur les carreaux de faïence plaqués aux murs avaient gardé sous leur vernis, — à travers l'évolution des temps, — leurs fraîches couleurs bleues.

III

Tout cela s'était immobilisé, comme les rues de la vieille Kasbah, sous le ciel de l'Algérie, et les moindres détails des choses ramenaient l'esprit bien loin dans le passé mort, dans les époques ensevelies des anciens jours de l'Islam.

IV

L'air, la lumière, tombaient en longue gerbe, dans cette maison murée, par le grand carré béant de la cour intérieure. Rien n'y venait de la rue, rien des maisons voisines ; on communiquait directement avec la voûte du ciel, avec ce ciel de l'Algérie, quelquefois sombre les jours d'hiver, quelquefois terni par le soleil les jours d'été, quand soufflait le siroco du Sahara, — mais le plus souvent bleu., d'un bleu limpide et admirable.

C'était bien cette solitude de cloître, qui

caractérise les demeures arabes et révèle à elle seule tous les soupçons jaloux, toutes les surveillances farouches de la vie musulmane.

V

Le soleil tombait d'en haut, glissant le long de toute cette blancheur des murs, s'éteignant par degrés pour arriver, en lueur douce et diffuse, en bas, où la chaux mêlée d'indigo avait un rayonnement bleu. C'était comme une lumière azurée de feu de Bengale ou d'apothéose, qui tombait sur le sommeil des trois dames assises. Et, ainsi éclairées, tout le jour elles poursuivaient dans le silence leurs rêves indécis, aussi ténus que les fumées du kief.

En se cambrant comme des almées, elles appuyaient leurs têtes contre le marbre des

2

colonnes, et relevaient au-dessus leurs beaux bras nus, ornés de bracelets d'argent, de corail et de turquoises. Le fauve de leurs bras ronds contrastait avec le rose artificiel et la pâleur peinte de leurs visages ; elles avaient l'air de figures de cire ayant un corps d'ambre ; leurs grands yeux, tout noyés dans du noir, se tenaient baissés avec une expression mystique. Leurs vestes et leurs babouches étaient dorées ; elles étaient toutes brillantes de vieux bijoux très lourds qui faisaient du bruit quand elles levaient leurs bras ; elles avaient au front des ferronnières d'argent.

VI

Dans cette pénombre bleue, elles semblaient des êtres chimériques, des prêtresses accroupies dans un temple, des courtisanes sacrées dans un sanctuaire de Baal.

Ces trois femmes qui vivaient là, enfermées dans ces murs, bien haut dans la Kasbah, au milieu du vieux quartier mahométan, loin de l'Alger profané et souillé qu'habitent, près de la mer, les Roumis infidèles, paraissaient avoir conservé le mystère et l'inviolable des musulmanes d'autrefois.

VII

Tout le jour ces trois dames s'ennuyaient dans leur vieille prison blanche.

Elles étaient peu parleuses. A peine échangeaient-elles, d'un air nonchalant, quelques réflexions brèves. Deux ou trois sons gutturaux, — âpres comme le vent de la nuit au désert, — sortaient de leurs lèvres rouges ; et puis c'était fini, et, pendant plusieurs heures, elles ne disaient plus rien.

VIII

Parfois elles s'occupaient à presser des roses ou des fleurs d'oranger, pour composer des parfums. Elles fumaient aussi des narguilhés, ou s'exerçaient à chanter en jouant du tambour de basque et en battant de la derboucca.

Elles étaient comme plongées dans une tristesse immense, dans un écœurement d'abruties, filles d'une race condamnée, subissant des choses fatales avec une résignation morne.

IX

Les soirs d'été, aux couchers du soleil, il leur arrivait de monter sur leur toit, qui était en terrasse, à la mauresque. Alors elles échangeaient le bonsoir avec d'autres femmes, qui vivaient comme elles, et qui étaient perchées sur le haut des vieux murs, dardant leurs yeux noirs sur la Kasbah, comme les cigognes des ruines.

Elles voyaient de là toute une série monotone de terrasses blanches, et puis deux choses qui se dressaient tout près d'elles dans le vaste ciel lumineux : l'antique mosquée de Sidi-Abderhaman, avec ses carreaux de faïence verte et jaune aux nuances crues, tranchant sur la chaux sans tache, — et, à côté, la silhouette raide d'un palmier. Au loin, c'était la Méditerranée, unie comme une grande nappe d'azur et, dans la direction de Sidi-Ferruch, un plan de montagnes rouges, sur lesquelles des champs d'aloès marquaient des marbrures bleuâtres.

X

Il y avait bien des années, le mari de Kadidja, Cheikh-ben-Abdallah, avait été tué dans une insurrection contre les Français, et Fizah et Fatmah-ben-Cheikh étaient orphelines.

Malgré les bijoux anciens qui les couvraient, débris des richesses de leur mère, il était aisé de voir que maintenant elles étaient pauvres.

XI

Six matelots qui se donnaient le bras circulaient un soir dans la ville d'Alger.

Ils étaient tellement gris, que la rue Bâb-Azoun ne semblait plus assez large pour leur donner passage, et, en marchant de travers, ils chantaient une monotone chanson de bord qui n'avait ni rime ni raison :

Joli baleinier, veux-tu naviguer ?
Joli baleinier,
Joli baleinier.

XII

Leur navire était venu le jour même mouiller dans le port, et, en arrivant, ils avaient touché leur solde de six mois.

Ils l'avaient dépensée, et, le soir, leurs poches étaient à peu près vides.

D'abord ils avaient loué deux voitures pour se montrer, avec des roses à leurs boutonnières, dans les quartiers neufs qu'ont bâtis les chrétiens. Ensuite ils s'étaient attablés dans tous les cabarets, buvant partout des choses très cher et ne regardant point à la dépense.

Ils avaient fait tous les genres de bêtises et d'enfantillages, attrapé des chats, cassé des verres, embrassé des chiens; aux portes de toutes les maisons à boire, ils avaient provoqué des attroupements ébahis; on les avait vus partout, menant un vacarme d'enfer, volés de plus en plus, à mesure qu'ils étaient plus gris, frappant sur le ventre creux des Arabes, qui les regardaient d'un air grave, ou les tirant par leur capuchon : des cervelles d'enfants de huit ou dix ans, gouvernant des corps d'hommes.

Ils avaient distribué des pièces blanches à une foule de petits êtres éhontés et dépenaillés, sales de figure et d'instincts, qui s'étaient attachés à eux comme à une proie, leur servant le feu pour leurs cigares, ou faisant reluire leurs souliers avec des brosses volées. Ils avaient donné une *raclée* terrible à un juif qui leur avait offert ses deux toutes petites filles, et puis un louis à un autre, qui les avait menés dans un lupanar où des femmes maltaises avaient continué de les dépouiller.

XIII

Leur ivresse n'était pas bien repoussante, parce qu'ils étaient sains et jeunes. Ils s'en allaient tout débraillés, avec de bonnes figures rondes qui prenaient des expressions drôles... Ils faisaient part aux passants de leurs réflexions, qui étaient inouïes.

Ils avaient beaucoup circulé par la ville, et ne savaient pas trop où ils se rendaient pour le moment.

XIV

La nuit venait. C'était un dimanche de mai, et l'air était chaud. Dans les grandes rues droites que les chrétiens ont percées (afin qu'Alger devînt pareil à leurs villes d'Europe), toute sorte de monde s'agitait : des Français, des Arabes, des juifs, des Italiens; des juives au corsage doré, des Mauresques en voile blanc; des Bédouins en burnous, des spahis, des zouaves; des Anglais poitrinaires portant des casques de liège noués d'une serviette blanche; et toute la foule endimanchée des boutiquiers, qui est la même dans tous les pays : des hommes coiffés d'un cylindre noir; des femmes avec beaucoup de grosses fleurs fausses, sur des têtes communes; et puis des chevaux, des voitures, du monde, du monde, du monde à pied, et du monde à cheval, et des Bédouins, et des Bédouins.

Chez les marchands, les mille petites flammes rouges du gaz s'allumaient, faisant papilloter aux yeux des passants des entassements et des fouillis d'objets. A côté des magasins à grandes glaces où se vendaient des choses venues de Paris, s'ouvraient les cafés maures, où des gens en burnous fumaient tranquillement le chibouque, assis sur des divans, en écoutant des histoires d'un autre monde, qu'un conteur noir leur faisait.

Les cabarets regorgeaient : de grandes tavernes profondes,avec des tonneaux alignés, où des matelots du commerce, des Maltais à grand feutre rabattu, gens prompts à jouer du couteau, buvaient avec des filles brunes.

De toutes les échoppes sortaient des bouffées chaudes; les cabarets envoyaient des odeurs d'anis, d'absinthe et d'eau-de-vie; les hommes en burnous sentaient le Bédouin, ils laissaient dans l'air des fumées du tabac d'Algérie, des parfums d'Afrique... Et les bains maures exhalaient leurs odeurs de sueur et d'eau chaude. — Et toute cette ville suait l'immoralité, la débauche, l'ivrognerie de son dimanche.

Gâchis de deux ou trois peuples qui mêlaient leurs luxures, Alger avait le débraillement cynique des lieux qui ont perdu leur nationalité pour se prostituer, s'ouvrir à tous.

Et sur tout cela, en haut, le ciel était bleu, et, sur cette Babel, des alignements de belles maisons régulières jetaient comme une impression d'un Paris très chaud, qui était étrange.

Les six matelots marchaient toujours, bousculant la foule; ils allaient devant eux, chantant les mille couplets de leur chanson :

Joli baleinier, veux-tu naviguer?
Joli baleinier,
Joli baleinier.

XV

La nuit était venue. Ils prirent au hasard une rue tortueuse qui montait, et une sensation de sombre et d'inattendu tout à coup les saisit. Ils étaient entrés dans la vieille ville arabe, et brusquement autour d'eux tout venait de changer.

On n'entendait plus rien, et il faisait noir. Le bruit de leurs voix les gênait au milieu de ce silence, et leur chanson mourut dans un saisissement de peur.

Leur gaieté s'était glacée, et ils regardaient. Ils touchaient aussi, comme pour les vérifier, ces vieux murs, ces vieilles petites portes bardées de fer, les deux parois si rapprochées de cette rue, qui se resserraient encore par le haut sur leurs têtes, comme pour les presser dans un piège; et puis ils tâtaient ces grands hommes drapés de blanc, qu'on n'entendait pas marcher avec leurs babouches, et qui se plaquaient aux murailles, sans rien dire, pour les laisser passer.

A travers leur ignorance et les fumées de leur ivresse, ils voyaient tout cela trouble. Alors ils se croyaient tombés dans le pays des légendes et des fantômes, et ils cherchaient à ressaisir leurs idées, se demandant comment cela leur était arrivé.

XVI

Pour tout de bon la peur les prit, et ils dirent : « Où allons-nous nous perdre? Tâchons de retourner sur nos pas. »

Ils essayèrent de revenir en arrière. Mais on ne sort pas facilement des rues de la Kasbah, quand on y est entré pour la première fois étant gris, et ils se trompèrent de route.

Alors ils se mirent à errer à la file, dans ce labyrinthe où ils étaient venus se perdre.

Ils n'avaient plus peur, seulement ils s'ennuyaient; après s'être tant amusés, cette journée finissait mal.

Ils reprenaient en sourdine la chanson du *Joli baleinier*, ou bien ils se mettaient tous ensemble à pousser des cris pour se distraire.

Et les petites rues montaient, descendaient, avec des pentes aussi raides que des glissières, avec des échelons ardus, des grimpades de chèvres ; elles se contournaient, se croisaient, s'enchevêtraient, comme dans un cauchemar dont on ne peut sortir. Étroites, étroites, toujours, tellement qu'ils marchaient tous les six en se tenant, à la queue leu-leu, par le dos.

Souvent elles étaient voûtées, ces petites rues, alors il y faisait plus noir que chez le diable; ou bien, de temps en temps, on apercevait en haut une trouée claire, un coin de ciel avec des étoiles.

Il vous arrivait des odeurs de moisissure et de bête pourrie, ou bien des parfums suaves d'orangers en fleurs.

XVII

Joli baleinier, veux-tu naviguer ?
Joli baleinier,
Joli baleinier.

Dans la bande, il y avait trois Basques et trois Bretons.

Les trois Basques étaient canonniers.

Les trois Bretons étaient gabiers.

C'était d'abord 216, Kerbouf, gabier de misaine. Et puis 315, Le Hello, gabier de beaupré. Le troisième, c'était 118, mon frère Yvon, chef de grande hune, qui avait alors dix-huit ans : le plus grave des six, et les dominant déjà de toute sa carrure celtique.

XVIII

Les bruits de cette journée de dimanche n'étaient pas montés jusqu'aux trois dames de la Kasbah. Derrière leurs murs et leurs grilles de fer, elles avaient gardé leur tranquillité de momies.

A la même heure que de coutume, elles s'étaient levées, et l'inexorable ennui avait, comme chaque jour, présidé à leur réveil.

Le soleil plongeait déjà, en long triangle de lumière, dans leur cour profonde, lorsqu'elles avaient ouvert leurs yeux. Elles sortaient des pays enchantés où les fumées de l'ambre et du kief, les parfums de certaines fleurs ont le pouvoir de conduire, durant les belles nuits de printemps, les filles cloîtrées des harems. Elles avaient vu la Mecque, et le voile vert de la Sainte-Kasbah, sur lequel le Coran tout entier était brodé en lettres d'argent par la main des anges. Elles avaient vu Stamboul, — et les jardins du Grand Seigneur, où des groupes de femmes qui étaient couvertes de pierreries et qui avaient chacune trois grands yeux dansaient dans des vapeurs d'ambre gris, sous les cyprès noirs. Elles avaient vu Borak, le cheval volant à visage de femme sur lequel voyage le Prophète, passer sans bruit avec ses grandes ailes, dans un ciel rose d'une profondeur infinie, où des zodiaques mystérieux s'entre-croisaient dans le vertige des lointains, comme de grands arcs d'or.

XIX

A l'évanouissement de leurs rêves, elles avaient promené autour d'elles, en tordant leurs bras, leurs grands yeux mal éveillés, et n'avaient plus trouvé ni palais, ni jardins, ni zodiaques d'or. Plus rien que la chaux de leurs murs, les vieilles fleurs de leurs carreaux de faïence, les vieilles dalles usées de leur cour, la nudité pauvre et l'éternelle blancheur de leur logis.

Elles avaient dormi par terre, tout habillées, sur des coussins, suivant l'usage oriental. Aussi n'eurent-elles qu'à se soulever, en écartant leurs couvertures algériennes, pour se trouver toutes prêtes à recommencer une fastidieuse journée.

Cette mère et ces filles ne s'étaient pas adressé un sourire, en se revoyant après le non-être de la nuit ; elles avaient détourné leurs regards les unes des autres avec une sorte de honte, comme des femmes qui garderaient entre elles le secret et la souillure d'un crime.

Fatmah, la plus jeune des deux sœurs, estimant l'heure d'après le soleil, marcha jusqu'à la petite porte sépulcrale qui donnait au dehors, et, appuyée paresseusement au mur, elle se mit à frapper, avec une régularité automatique, de petits coups de poing contre le bois vermoulu.

Cela voulait dire : « Boulanger, quand tu passeras, arrête-toi pour nous donner du pain. »

C'était en effet le moment où, aux portes des maisons de la Kasbah, on entendait partout des coups pareils, frappés en dedans par des femmes qu'on ne voyait pas, et signifiant la même chose (la convenance voulant que les dames musulmanes ne se montrent point pour faire dans la rue ces achats de provisions).

Le boulanger vint et, par un judas grillé qu'on lui ouvrit, fit passer un pain en échange d'une pièce de monnaie.

XX

Les trois dames le partagèrent pour leur repas, et mangèrent après, du bout des lèvres, quelques morceaux d'une pâte douce, faite de figues et de dattes recuites au soleil. Ensuite elles prirent, dans de toutes petites tasses, du café plus épais que du mortier à bâtir, — et s'arrangèrent sur des nattes pour la sieste de midi.

XXI

Comme de coutume, elles étaient montées sur leur maison pour respirer l'air du soir.

Mais les dernières lueurs rouges du couchant mouraient à peine sur les blancheurs de la ville arabe, quand Lalla-Kadidja fit à ses filles un commandement bref, et toutes trois descendirent.

Elles prirent une peinture noire, et entourèrent leurs yeux d'un cercle épais, en les agrandissant démesurément vers les tempes. Ensuite elles versèrent des parfums sur leurs cheveux et leurs mains, elles mirent des vestes de soie brochée d'or, et se couvrirent de bijoux.

Ce dimanche des chrétiens, jour de fête et d'orgie dans la ville basse, pour les marins, les soldats et les marchands venus de France, ne pouvait avoir rien de commun avec leur vie cloîtrée. — Alors pour quels époux attendus, ces parures? — ou pour quelle solennité mystérieuse?...

La belle nuit de mai qui descendit ce soir-là sur Alger les trouva vêtues comme des almées, avec la recherche et l'apparat des anciens jours.

XXII

Joli baleinier, veux-tu naviguer?
Joli baleinier,
Joli baleinier.

Ils allaient toujours, au hasard des rues biscornues qui serpentaient devant eux.

Ils avaient traversé des quartiers extraordinaires, tout illuminés de lanternes et de girandoles en papier, tout remplis de Bédouins et de burnous ; — il y avait autour d'eux par instants du bruit et des cris, — un brouhaha de voix gutturales et profondes, — des conversations dans une langue grave, coupée d'aspirations dures.

— Au passage, on leur jetait des imprécations ou des moqueries.

Dans des espèces de bazars, — entrevus vaguement, — on vendait des choses sans usage connu : des loques poudreuses de soie et d'or, pêle-mêle avec des chapelets d'oignons enfilés ; et puis des courges, des oranges ; des légumes avec de vieilles babouches, et des poissons secs, à côté de paquets de fleurs d'oranger qui embaumaient.

Il y avait des échoppes comme des tanières, au fond desquelles des marchands au teint de momie, accroupis, emmaillotés dans des burnous sordides, semblaient des spectres au guet. — Des trous, en manière de porte, s'ouvraient sur des bouges pleins d'objets qui papillotaient devant leur vue trouble ; on y faisait la barbe à des gens, avec des rasoirs énormes, — à côté d'autres qui prenaient du café, ou qui chantaient, la bouche grande ouverte, en jouant du tambour.

Quelquefois c'étaient là-dedans des musiques assourdissantes : des grosses caisses frappées à tour de bras par des hommes en sueur, des fifres criards dans lesquels on soufflait à les rompre, — des hurlements d'enragés. Et, de temps en temps, menés par une petite flûte — qui filait des sons doux, et des mélodies plaintives, — des hommes dansaient ensemble, avec une rose piquée sur l'oreille, en prenant des poses gracieuses et lascives de bayadères.

Et des femmes, tout enveloppées de soie blanche, passaient avec un semblant de timidité et de pudeur qui se cache; on ne voyait d'elles qu'une forme neigeuse et voilée, ayant de grands yeux peints, admirables.

Au milieu de tout cela, je ne sais quelle chaleur irritante; et puis des senteurs spéciales à l'Algérie, des exhalaisons de corps humains et de détritus organiques surchauffés au soleil, — avec des odeurs d'épices, et d'aromates, et de musc et de fleurs.

Ils ne s'étonnaient plus de repasser dix fois de suite, et encore, et toujours, par les mêmes endroits, comme dans les labyrinthes. — Ils prenaient seulement garde de ne pas se séparer, ce qui est la dernière lueur de raison des hommes ivres, et choisissaient de préférence les rues hautes, aimant mieux monter que descendre, de peur de tomber.

XXIII

Et puis ils retrouvèrent le silence et l'obscurité.

En montant encore, ils étaient arrivés maintenant au point le plus élevé de la ville arabe, dans le quartier d'Alger qui est, la nuit, le plus sombre et le plus solitaire.

C'était noir, noir, ces rues étroites et voûtées. Les murs étaient si vieux, qu'ils étaient usés. — Les étages montaient en débordant les uns sur les autres, et les deux côtés de la rue se touchaient, s'étayaient par le haut, soutenus par des rangées de grands jambages de bois tout enchevêtrés. On avait accumulé là-dessus tant de couches de chaux, que toutes ces choses blanchies étaient soudées entre elles et en avaient perdu leurs formes, comme mortes de vétusté.

Les portes, rares, se renfonçaient bien bas, comme pour se cacher, et dans ces grands pans de murs, qui s'en allaient de travers avec des airs caducs, il n'y avait jamais de fenêtre; si, par hasard, on avait été obligé d'y percer une ouverture, on l'avait faite toute petite, et entourée d'une cage de fer.

Cela semblait mystérieux et impénétrable.

Leurs pas mal assurés butaient contre de vieilles marches de pierre, toutes bossuées et informes, et il y avait de distance en distance de blanches traînées de lune, qui ressemblaient à des linceuls.

Le silence de nouveau les gênait, et l'inquiétude de cette ville les avait repris...

XXIV

Tout à coup, en haut d'un de ces grands murs qui bordaient la rue morte, un trou, aussi irrégulier que la percée d'un boulet, s'illumina d'une lueur rosée, et une tête de femme y apparut comme une vision.

Elle était éclairée en plein, sans doute par quelque flambeau placé tout près d'elle à l'intérieur, et sa figure resplendissait toute lumineuse au milieu de la nuit.

XXV

C'était Fatmah qui avait entendu leurs chants, et regardait de là-haut quels étaient ces passants nocturnes.

Elle était si bien peinte que ses joues rondes et lisses avaient l'éclat des poupées de cire. Ses yeux ombrés étaient plus grands que nature. Entre ses longs cils noirs, on voyait ses prunelles remuer sur de l'émail blanc, et elle souriait à demi, le regard baissé vers les hommes ivres.

Ses cheveux étaient pris dans un petit turban en gaze d'or, et sur son front retombait une couronne de sequins d'argent séparés par des perles de corail. Une quantité d'anneaux lourds et magnifiques étaient passés à ses oreilles, et plusieurs rangs de fleurs d'oranger, enfilées avec d'autres fleurs rouges, pendaient de sa coiffure sur les plaques de métal qui ornaient son cou.

Son visage était juste encadré dans le trou. On ne voyait pas plus bas que ses colliers, et elle avait l'air d'une tête sans corps. Elle avait le charme d'une chose pas naturelle qui aurait pris vie...

XXVI

Ils s'étaient arrêtés, saisis et craintifs devant cette apparition.

Elle, les regardant avec un nouveau sourire, entr'ouvrit ses lèvres, montra ses dents brillantes, et fit : « Pst! pst!... »

. . . .

XXVII

Ils ne voulaient pas, les trois Bretons, ils avaient peur. Cette femme parée comme une idole, dans ce lieu triste, leur inspirait une crainte superstitieuse... Et puis aussi elle ressemblait à la Vierge de quelque chapelle bretonne, adorée dans leur enfance, restée gravée dans leur imagination naïve de pauvre mousse, avec une parure d'un luxe aussi sauvage, et une coiffure semblable, faite d'argent et d'or.

Mais les trois Basques étaient plus entreprenants; ils se sentaient en humeur de bonne fortune. Elsagarray, cherchant par où on pouvait bien entrer dans la demeure de cette belle, finit par découvrir la petite porte basse qui se dissimulait dans le retrait du mur, et se mit à frapper.

Le judas s'entr'ouvrit, et la tête charmante y reparut, à deux pas d'eux, éclairée par une lampe de cuivre.

XXVIII

Garçon sceptique par nature, et habitué aux manières des femmes perdues, Elsagarray le canonnier eut l'impudente idée, pour se faire ouvrir, de montrer une pièce blanche qui par hasard lui restait.

XXIX

Macache (jamais)! fit la jolie tête sans corps, en claquant de la langue d'un air dédaigneux et désappointé.

En effet, ce n'était pas son tarif.

Et, passant par le judas ses petites mains aux ongles teints en rouge, elle indiqua en comptant sur ses doigts qu'il lui en fallait cinq fois plus.

XXX

Les trois Bretons avaient bon cœur :

— Tiens, dit Yvon, je te les donne! — et il mit dans la main d'Elsagarray le reste de sa bourse; la somme exigée se trouva complète.

Kerboul et Le Hello, réunissant tout leur avoir, voulurent le donner à Guiaberry, pour Fizah qui venait de paraître. Le marché rapide fut conclu pour les deux sœurs, et les deux Basques passèrent en se baissant par la petite porte sinistre.

Barazère restait, qui voulait entrer aussi,

pour les grands yeux mornes de Lalla Kadidja la mère. Il avait aperçu derrière Fatmah ce lourd regard noir.

Il n'avait plus rien, lui, et les trois Mauresques inquiètes allaient s'unir pour essayer de le chasser dehors.

Mais, à ce moment, Lalla-Kadidja sentit qu'elle était vieille, et, remarquant que Barazère était beau et qu'il était ivre, elle le prit par le bras avec un sourire cynique, pour l'entraîner auprès d'elle...

La porte lestement retomba sur ses charnières massives, et fut, en un tour de main, verrouillée par de grandes barres de fer.

De profundis!... Les trois qui restaient dehors se regardèrent, essayant encore une fois de démêler leurs idées, et puis s'assirent par terre, sur les pavés, pour attendre...

XXXI

Ils voulaient rester là, comprenant encore qu'il ne faut pas se séparer dans un lieu pareil. Ils auguraient mal de cette maison qui venait de se refermer sur leurs compagnons de bord.

Si un Breton y fût entré, ils l'eussent attendu jusqu'au matin. Par tous pays, entre matelots qui courent bordée la nuit, ce lien résiste le dernier à l'égarement des plus ivres : on ne se quitte pas entre enfants d'un même village ou d'un même pays.

Mais ces canonniers après tout étaient des Basques, et, le matin, ils les connaissaient à peine. Ils les attendirent longtemps, et puis les oublièrent. Et l'un d'eux s'étant levé, ils se remirent à marcher.

XXXII

A trois voix ils avaient repris la chanson du *Joli Baleinier*, et s'en allaient devant eux.

C'étaient toujours les mêmes petites rues, ils les reconnaissaient bien; mais maintenant une foule d'apparitions pareilles à celle de Fatmah se montraient sur leur passage. — A tout instant, dans un mur teint de chaux blanche, on voyait s'éclairer un petit trou par lequel souriait une tête peinte, qui était couverte d'argent, de corail, et de fleurs d'oranger enfilées.

Quelquefois une porte s'ouvrait. A l'intérieur, des femmes qui avaient des voix très douces chantaient : « Dani dann, dani dann, » en frappant des mains, devant un réchaud de cuivre d'où sortait une fumée d'encens. On les voyait groupées sous quelque antique colonnade de marbre d'une forme exquise ; elles avaient des vestes de soie et d'or, des pantalons à mille plis, et de petites babouches de perles ; leurs costumes étaient composés de ces couleurs suaves, extraordinaires et sans nom qu'affectionnent les fées.

« Dani dann, dani dann..., » dans les petites rues qui semblaient les restes d'une ville morte, dans les maisons rongées de vétusté, près de tomber en poussière, tout cela avait je ne sais quel air d'enchantement et de « Mille et une Nuits ». — Elles souriaient, les invitant à entrer ; et eux s'arrêtaient devant elles, charmés mais n'osant pas.

Il y en avait de toute sorte, de ces femmes, et plus l'heure s'avançait, plus les vieilles portes s'ouvraient.

Des Mauresques toutes roses, cachées à

demi sous des voiles de gaze de soie blanche. Des juives pâles, aux sourcils minces, au corsage de velours. D'autres qui, pour se prostituer, étaient venues de deux cents lieues dans l'intérieur, des oasis lointaines, et qui avaient d'étranges figures du désert; immobiles à leur porte, elles se tenaient les yeux baissés, la voix rauque, avec de hautes coiffures en plaques de métal, et des bijoux barbares.

Même il y avait des négresses d'un type rare et d'une laideur très surprenante. Enveloppées de la tête aux pieds dans des cotonnades bleues à carreaux, elles étaient les plus entreprenantes, et, en allongeant de grandes pattes noires, elles les tiraient par leur manche pour les faire entrer. Eux les regardaient sous le nez, éclataient de rire, et passaient leur chemin.

Ils commençaient à comprendre maintenant, les trois Bretons, dans quel lieu ils étaient tombés...

Et, quand ils voyaient sortir de quelque vieux palais musulman une jolie créature avec de grands yeux artificiels, tout étincelante dans l'obscurité, comme une péri, — ils s'approchaient pour la toucher. De près, le plus souvent, elle était fanée, ses broderies d'or étaient défraîchies, ses bijoux n'étaient plus que du clinquant, simulant les vrais qu'elle avait vendus à des juifs. Alors Kerboul offrait par dérision des sous qui lui restaient, la fille lui jetait en français quelque injure ignoble qu'elle avait apprise d'un zouave, et refermait sa porte.

D'ailleurs la retraite était battue, en bas, dans la ville française; les soldats et les spahis, qui ont leurs casernes tout en haut, passaient pour rentrer à l'appel. Ils en croisaient des bandes, qui montaient bras dessus bras dessous, comme chez eux, chantant à tue-tête *l'Artilleur de Metz* ou quelque chanson d'estaminet, sous les arcades mauresques. L'antique Kasbah, où jadis on eût massacré l'imprudent giaour, était pleine de braillements d'ivrognes.

XXXIII

Cependant il se faisait tard. Ils étaient fatigués, et ils avaient soif.

Peu à peu les boutiques de barbiers où on faisait de la musique, les cafés maures où on dansait, s'étaient fermés. Même les portes des filles ne s'ouvraient plus. L'heure de la grande prostitution du dimanche soir était passée. La ville arabe retombait dans le silence et la nuit noire.

Ils auraient voulu entrer quelque part, pour boire encore et dormir. Mais, à eux trois, ils n'avaient plus que les sous de Kerboul.

Et puis Yvon s'inquiétait de deux tout petits chats qu'il avait volés par affection, et qui se plaignaient dans sa chemise de matelot, où il les avait logés pour qu'ils eussent plus chaud.

Ils descendaient maintenant une longue rue déserte. Ils y trouvèrent une porte de marbre, toute sculptée de fleurs très anciennes, d'inscriptions arabes et de dessins mystérieux. Elle donnait dans un couloir de faïence aux mille couleurs; une lampe y était suspendue, qui jetait une lueur au dehors sur les pavés.

Des gens qui avaient mauvaise mine y entraient furtivement. Ils entrèrent aussi pour voir.

C'était un bain maure mal famé. Les baigneurs étaient partis, et des hommes sans gîte, métis indéfinissables, éclos au hasard du vice, venaient coucher pour deux sous sur les nattes pleines de vermine qui avaient servi au massage.

Ils passèrent devant ce peuple étendu qui s'endormait; puis ils arrivèrent à des étuves profondes qui avaient de grands dômes et qui suintaient comme des cavernes. On y voyait à peine, dans une buée chaude qui embrouillait l'obscurité; l'air humide y avait une pesanteur étrange; — et un homme jaune, nu sur du marbre comme un cadavre, chantait avec une voix de fausset un air lugubre à faire peur.

Ils jugèrent ce lieu immonde, et sortirent.

XXXIV

Longtemps encore ils marchèrent sans plus rien voir.

Et puis ils entendirent un grand bruit qui partait d'une maison fermée : une musique d'enfer, et des cris et des rires.

Ils écoutèrent. On parlait français là-dedans, — et même on parlait breton !...

Ils frappèrent. — On n'ouvrit pas.

Alors ils enfoncèrent la porte à coups d'épaule. — On les accueillit à bras ouverts.

Un bouge à moitié arabe. Quatre nègres tout nus jouant des castagnettes de cuivre et battant du tambour, sur un rythme nubien.

Et, au son de cet orchestre, une dizaine de couples de zouaves et de matelots dansaient entre eux, en se tenant par la taille; gravement; — des zouaves qui avaient mis des chemises de matelot, des matelots qui avaient mis des bonnets de zouave.

Et, quand les quatre nègres exténués faisaient mine de s'arrêter, les danseurs leur montraient le poing, et ils continuaient, enrageant de leur impuissance...

Alors ils voulurent, eux aussi, habiller un zouave, pour en faire un frère. Un grand blond s'y prêta de bonne grâce, et chacun des trois Bretons lui donna pour le transformer une pièce de son costume.

Ensuite ils sortirent ensemble, sur le minuit, après avoir bu, sans le payer, un litre d'une eau-de-vie poivrée qui brûlait comme du feu.

Ils étaient quatre maintenant, avec cette recrue nouvelle, et ils recommencèrent à errer, plus ivres que jamais.

XXXV

Une heure du matin. — Ils se retrouvaient, sans savoir comment, tout en haut de la Kasbah. Ils étaient assis sur des rochers, à l'entrée d'un bois d'eucalyptus, dont une bouffée de vent agitait de temps à autre les feuilles légères.

Au-dessous d'eux la ville arabe, et plus bas la ville chrétienne, s'étaient endormies ; les derniers cris, les derniers chants d'orgie venaient de finir. L'antique Kasbah, protégée par la majesté et les pudeurs de la nuit, redevenait elle-même et se recueillait dans le passé.

On voyait des entrées de rues centenaires, qui descendaient se perdre dans des profondeurs noires. La lune éclairait avec une pâleur sereine des groupes de constructions mauresques, restées, malgré leur grand âge, d'une blancheur mystérieuse, et qui semblaient des habitations enchantées. Au loin s'étendait la mer gris-perle, avec des feux de navires.

Toutes les exhalaisons humaines étaient tombées, avec les odeurs d'épices, de maisons à boire et de prostituées. Il n'y avait plus que le parfum suave des orangers, avec je ne sais quelle autre senteur fraîche et saine, qui montait de la campagne comme un rajeunissement.

L'air avait ce calme tiède et cette transparence des nuits de l'Algérie; un souffle de vent, qui se soulevait à intervalles réguliers comme la respiration des choses, faisait remuer derrière eux les feuillages du bois.

Un apaisement se faisait aussi dans leur tête; ils songeaient à toutes ces femmes entrevues dans les vieilles maisons aux murailles de faïence, qui chantaient « Dani dann » en battant des mains avec un bruit de bagues et de bracelets. Ils songeaient aussi à leurs trois compagnons basques, qu'ils avaient abandonnés au milieu d'elles; ils se demandaient s'il ne serait pas possible, en cherchant bien, de retrouver cette porte et de retourner à leur secours...

Yves, lui, se rappelait la Bretagne, les grandes falaises de granit où souffle le vent humide de l'Océan, et les brumes grises se traînant comme de longs voiles sur l'immensité de la mer houleuse, et les grands paysages mornes du pays celtique. Tout cela, vu de l'Algérie, était pâle comme une vision maladive, suave et triste comme une poésie du Nord. Et puis il revoyait le pays de Léon; la lande plate et fleurie, toute jaune d'ajoncs en fleurs; et le *clocher à jour* se dressant dans la plaine, sur le fond terne et mélancolique du ciel breton... Une lueur lui revenait de sa claire intelligence. Il avait honte, il ne voulait plus être ivre, et il passait ses mains sur son front, comme pour enlever de devant ses yeux le voile pesant de l'alcool.

XXXVI

A ce moment on entendit rouler une voiture, qui remontait de la ville.

Elle se rapprochait et passa près d'eux. C'était une espèce de char à bras, un grand coffre noir comme pour recéler des cadavres ; il était traîné par deux hommes qui se pressaient, avec un air d'avoir fait un mauvais coup.

Un gémissement partit de ce coffre fermé. Alors ils se levèrent tous.

XXXVII

— Hé, les hommes! — Que roulez-vous comme ça, en vous cachant la nuit?...

— Des chiens, messieurs les matelots, répondirent les deux passants avec un gros rire.

C'était tout bonnement la voiture des chiens errants qu'on menait en fourrière.

Mais, au mouvement qu'ils s'étaient donné et au bruit de leur propre voix, ces rêveurs de tout à l'heure étaient devenus de simples matelots ivres.

Se prenant tout à coup pour *ces pauv'es*

bêtes d'une pitié sympathique, d'une tendresse d'hommes gris, ils exigèrent qu'on les mît en liberté, et une querelle s'ensuivit.

XXXVIII

La discussion ne fut pas longue : cinq minutes après, la petite voiture avait repris sa route; mais c'étaient les matelots qui la roulaient, en chantant leur chanson joyeuse, et les bons chiens délivrés suivaient, dans une joie folle, sautant, japant autour de leurs amis, et leur léchant les mains.

Et la charrette s'en allait gaiement, cahotée sur les pierres; — dedans il y avait les deux hommes, sous clef, dans le coffre à chiens...

XXXIX

Joli baleinier, veux-tu naviguer ?
Joli baleinier,
Joli baleinier.

Ils les voiturèrent jusqu'au matin en chantant d'abord le *Joli baleinier*, et ensuite, pour changer :

Tiens bon, Marie-Madeleine,
Tiens bon, Marie-Madelon !

XL

Et finalement les versèrent, près de Bâb-Azoun, sur un tas d'ordures.

XLI

Alors, ils se reconnurent dans ces rues, et voulurent se rapprocher du point où, la veille, ils étaient venus débarquer.

Ils arrivèrent aux quartiers mal famés, pleins de repaires italiens, qui avoisinent la Marine. Il commençait à faire froid, et c'était encore la nuit. Cependant on ouvrait déjà certains cabarets, pour donner à boire aux portefaix matineux, ou pour jeter dehors avant le jour les ivrognes qui, le dimanche soir, avaient roulé sous les tables, dans les crachats, avec des filles. Ils entrèrent et s'assirent sur des bancs dans une espèce de grande halle où on voyait, au fond, des rangs de tonneaux alignés. La gorge leur brûlait. Avec la bourse du zouave et les sous de Kerboul, ils burent plusieurs verres d'absinthe avec un peu d'eau. Ensuite on les poussa à la porte quand ils n'eurent plus d'argent.

XLII

Maintenant ils n'avaient plus conscience de rien. Ils allaient, le corps tout penché en avant, étendant les bras comme pour saisir le vide, décrivant dans leur marche de grands arcs de cercle comme des oiseaux blessés. La tête leur faisait grand mal; ils éprouvaient un besoin irrésistible de sommeil, avec la sensation continuelle de tomber, avec une impression d'angoisse et d'agonie.

Ils se retrouvèrent au bord des quais. — Alors un souvenir leur revint de leur navire, de leur métier de matelot, et ils ne voulurent pas aller plus loin, de peur de perdre la mer de vue; ils s'effondrèrent sur du sable, restèrent immobiles, comme figés au hasard de leur chute, et perdirent connaissance.

XLIII

Elsagarray et Guiaberry, les deux Basques, en s'éveillant, regardèrent les filles qui dormaient auprès d'eux. Leurs chemises, qui étaient faites d'une gaze comme ils n'en avaient jamais vu, s'ouvraient à demi sur leur corps fauve. Ils virent qu'elles étaient belles, bien que leurs joues fussent devenues pâles.

Une lampe, montée sur une longue tige, à la manière des lampes antiques, éclairait un lieu étrange, irrégulier comme une caverne. La chaux laiteuse étendue partout amollissait les angles ou les rugosités des parois, et de vieux petits tableaux accrochés au hasard représentaient des choses incompréhensibles : c'étaient des inscriptions ayant forme de bêtes singulières, des lions dont le corps était un assemblage d'hiéroglyphes d'or, et puis des symboles mystérieux, et plusieurs images d'un cheval ailé à visage de femme.

Ils avaient dormi par terre, sur des couvertures et des coussins; il n'y avait rien nulle part dans ce gîte, rien qu'une natte grossière recouvrant le sol tout d'une pièce, et un plateau de cuivre sur lequel on avait brûlé de l'ambre et de l'encens. L'air gardait une senteur d'église.

Les filles avaient dans leur sommeil une tranquillité et comme une innocence d'enfant. Elles étaient parées encore de tous leurs bijoux d'argent et de corail, et de leurs colliers odorants en fleurs d'oranger.

Eux éprouvaient tout à coup une timidité et un malaise au milieu de tout cet inconnu. Ils se levèrent avec précaution pour ne pas les éveiller, et se coulèrent vers une ouverture que fermait une draperie de soie.

Alors ils se trouvèrent dans la cour de faïence et de marbre, où tombait d'en haut l'air vif et délicieux des dernières heures de la nuit.

XLIV

Ils se souvinrent de Barazère, qui dormait près de Kadidja, quelque part dans cette maison. et ils l'appelèrent doucement

Barazère aussi se leva, et regarda cette femme qui voulait le retenir en l'enlaçant. Il vit qu'elle était vieille, que son visage était ridé et sa chair affaissée. — Il s'en détourna avec horreur, la repoussant du pied...

XLV

En cherchant dans l'indécise lueur blanche, ils trouvèrent la porte verrouillée du dehors, et ils sortirent, énervés par toutes ces ivresses de leur nuit.

Le pâle matin les enveloppa de sa fraîcheur saine, de sa lumière timide et virginale. Aucun bruit; tout dormait encore dans la Kasbah; enveloppée dans ses blancheurs de chaux, elle avait plus que jamais son air de sépulcre.

Où étaient-ils? Ils s'orientèrent; ils n'étaient plus ivres. Ils jugèrent qu'ils devaient être très haut au-dessus du port et de la mer, et ils se mirent à descendre par les pentes raides des petites rues arabes.

On y voyait encore à peine, et autour d'eux tout était d'une pâleur singulière; à part les pavés de galets noirs, tout était blanc. Les vieilles maisons mauresques, les vieilles voûtes en ogive, les vieux jambages de bois qui chevauchaient le long des murs, tout était comme dans une obscurité blanche. Le silence semblait couver des enchantements et des mystères.

Après les voluptés, les baisers de fièvre, es fumées d'encens, ils respiraient avec délice ce grand air, cette fraîcheur douce du matin. Et ils marchaient d'un pas alerte et léger, dans ces hauts quartiers qui dormaient.

Ils allaient gaiement, savourant ce bien-être matinal, ne se doutant pas que c'était fini à jamais de leur saine et belle jeunesse, et qu'ils emportaient avec eux dans leur sang de hideux germes de mort...

XLVI

Le jour était encore incertain quand ils arrivèrent en bas, sur les quais d'Alger. Parmi les décombres, les pièces de bois empilées, ils virent des masses grises : des Arabes, portefaix des navires, qui dormaient à la belle étoile dans leurs burnous percés; un tas hideux, couvert de haillons et de vermine.

Et puis, plus loin, ils éclatèrent de rire en reconnaissant leurs amis d'hier, les trois Bretons, sur du sable.

Ils furent étonnés d'en voir un quatrième avec des moustaches : — le zouave.

XLVII

Trois chiens, assis sur leur derrière, semblaient veiller sur eux avec une sollicitude reconnaissante.

Tout débraillés, ils dormaient comme des morts, les Bretons. Il leur manquait à chacun une pièce de leur costume, qu'ils avaient retirée pour habiller l'autre.

Yves, lui, qui avait donné son tricot à raies bleues, laissait voir sa poitrine nue, et les deux petits chats qu'il avait volés pour leur apprendre des tours, blottis contre sa peau, dormaient aussi, tranquilles et confiants.

Une vapeur couleur d'iris, diaphane, nacrée, était sur la mer comme un voile; elle semblait lumineuse et toute dorée vers l'orient.

Les burnous gris commençaient à s'agiter, à grouiller par terre ; au-dessus du tas immonde, on voyait se lever un bras, une jambe jaune, ou surgir une tête noire. C'était l'heure du premier salam du matin, et ils s'éveillaient pour dire leur prière.

Et puis la vraie, la grande lumière naissait peu à peu, se répandant sur toute chose ; — et la vapeur couleur d'iris se mourait, devenait si ténue, qu'on voyait au travers les navires les plus éloignés, et presque l'horizon de la mer ; — et puis elle disparaissait tout à coup, comme un rideau de gaze qui tombe : le soleil était levé...

« Allah illah, Allah ! » — Ils étaient debout, les Arabes ; drapés avec une majesté antique dans leurs pouilleuses loques grises, ils tenaient, droite et superbe, leur tête fine à grands yeux noirs ; et le soleil les inondait de rayons couleur d'or, et, à présent, nobles, cambrés, ils étaient beaux comme des dieux.

On voyait maintenant là-haut la Kasbah, qui tout à l'heure semblait transparente, se détacher sur le violet cendré du ciel en blancheurs opaques marquées çà et là de nuances rousses. Les teintes des objets les plus éloignés étaient devenues si nettes, qu'il n'y avait plus de perspective ; tout semblait près, et la ville mauresque avait l'air d'une masse de constructions superposées se tenant tout debout dans l'air. Il n'y avait que le ciel gris-perle, qui gardait, derrière toutes ces choses humaines, une transparence et une profondeur infinies...

Les navires avaient largué leurs voiles blanches, pour sécher au soleil l'humidité de la nuit. Il était sept heures, et le canot du bâtiment de guerre auquel les six matelots appartenaient arrivait bon train pour les chercher, fendant l'eau bleue à grands coups d'avirons.

Il accosta. Les Basques, aidés des rameurs, y portèrent les Bretons avec leurs petits chats, et s'y embarquèrent près d'eux.

Les trois chiens le suivirent du regard avec mélancolie, et, quand il fut hors de vue, ils remontèrent, d'un air affairé, vers la ville.

XLVIII

A bord aussi, on s'étonna de voir cet inconnu qui avait des moustaches. Cependant on les mit tous aux fers, par précaution contre le tapage.

Yves, en s'éveillant vers midi, trouva dans sa poche une grande clef... La clef du coffre à chiens !

Il se rappela qu'il avait oublié de l'ouvrir, quand ils avaient versé les deux hommes près de Bâb-Azoun ; alors, comme il a bon cœur, il en éprouva un remords. Et puis il pria un ami d'aller bien vite jeter cette clef à la mer, craignant qu'elle ne servît de pièce à conviction contre eux tous.

DÉNOUEMENT

L'identité du zouave ne fut reconnue que dans la soirée.

Ils furent tous punis, les trois Bretons surtout : l'histoire de la charrette à bras avait fait du bruit dans Alger, et il y avait contre eux les préventions les plus graves.

Les trois Basques se virent bientôt atteints d'une maladie horrible. Ces femmes la leur avaient donnée, presque inconsciemment. Irresponsables de leur vice et de leur misère, elles avaient rendu à ces giaours ce que d'autres giaours leur avaient apporté.

L'un d'eux en mourut, — Barazère.

Les deux autres se crurent guéris, après avoir été quelque temps un objet de dégoût pour leurs camarades. Mais un germe de ce poison leur était resté dans le sang. Ils n'avaient plus que quelques mois de service à faire, et, l'année suivante, ils se marièrent avec des jeunes filles qui les avaient attendus dans leur village pendant qu'ils couraient la mer. Dans des familles de pêcheurs, qui avaient été jusque-là saines et vigoureuses, ils apportèrent cette contagion arabe ; leur premier-né, à chacun d'eux, vint au monde couvert de plaies qui étaient honteuses à voir.

Les bons chiens furent rendus à l'affection de leurs maîtres.

Les deux chats d'Yves devinrent fort beaux. Ils connurent un grand nombre de tours, ils surent se tenir droit sur leur derrière, — et sauter par-dessus les mains rudes que les gabiers leur présentaient en rond.

Dans la suite, ils eurent plusieurs petits.

Quant aux deux hommes qui avaient été brouettés, ils furent portés à l'hôpital, tout couverts de contusions douloureuses ; pour surcroît de peine, ils furent trouvés très ridicules, et servirent longtemps de risée à leurs compagnons.

MORALITÉ

On a toujours tort de chercher à faire du mal aux gens, surtout lorsque ce sont de bons loulous affectueux comme ceux de cette histoire; tôt ou tard, on est fatalement puni.

Cela est bien prouvé, Plumkett, par le sort de ces attrapeurs de chiens.

Paris. — Imprimerie Ph. Bosc, 3, rue Auber

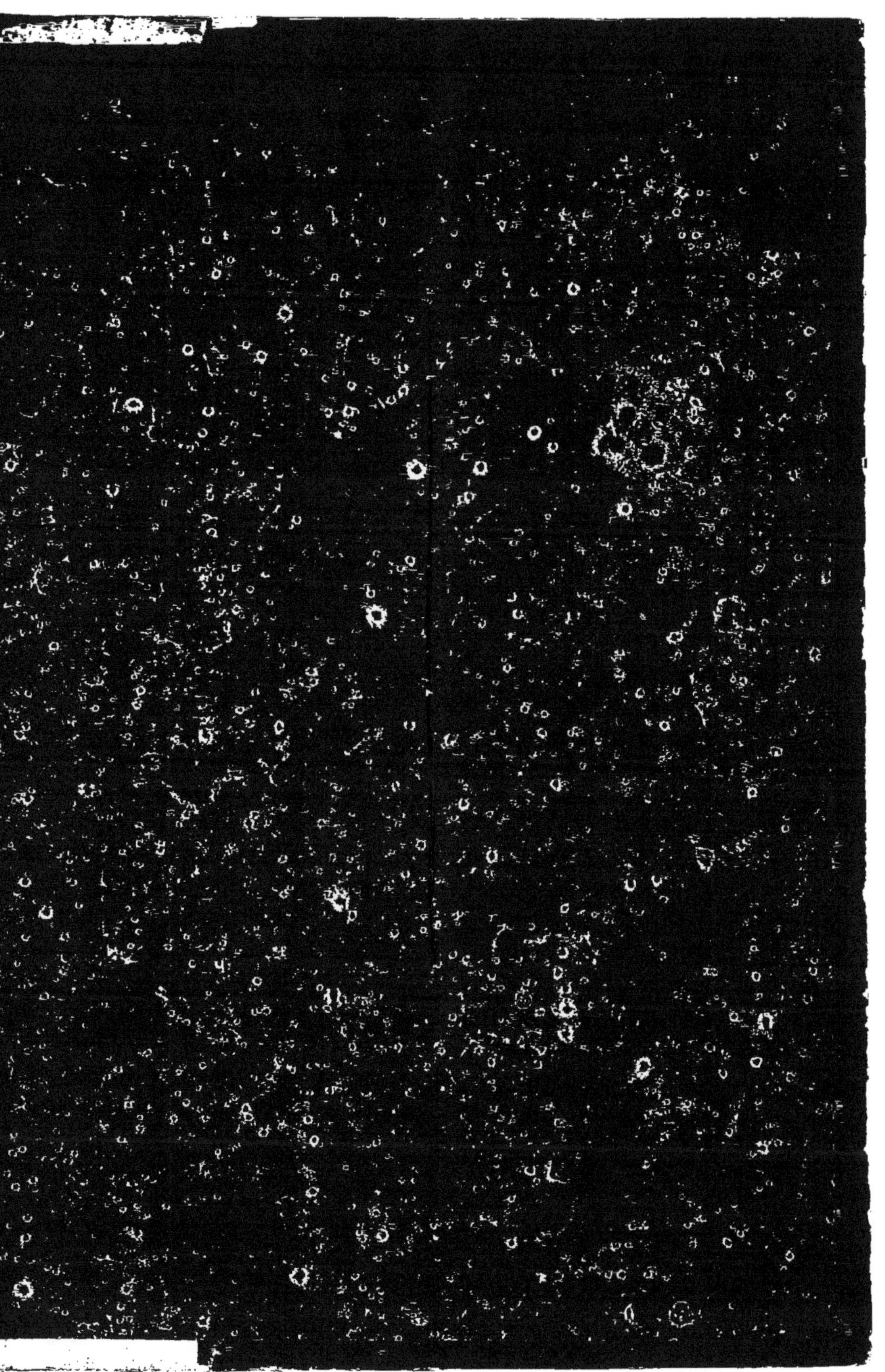

BIBLIOTHEQUE NATIONALE DE FRANCE
3 7531 00728139 8

www.ingramcontent.com/pod-product-compliance
Ingram Content Group UK Ltd.
Pitfield, Milton Keynes, MK11 3LW, UK
UKHW012237240726
13966UKWH00003B/1138